Ein Stück vom Weihnachtsgefühl

Eine weihnachtliche Science Fiction Kurzgeschichte

Für die besten Freunde im Leben.

Ein Stück vom Weihnachtsgefühl

Eine weihnachtliche Science Fiction Kurzgeschichte

TOPAZ HAUYN

Besuchen Sie uns im Internet:
www.topazhauyn.de

ISBN: 9798742192213
Font: Alegreya
Coverdesign: Topaz Hauyn
Art: rudall30/Depositphotos.com

Das letzte Kalenderblatt des Jahres hing aufgeschlagen an der Wand neben dem Bücherregal. Die winterliche Schneelandschaft auf dem Bild in der Mitte, mit dem Schlitten, den Rentieren und dem Weihnachtsmann war von überall im Wohnzimmer gut zu sehen. Besonders gut vom Sofa. Die durchgestrichenen Zahlen der Tage an beiden Seiten zeigten, dass das Jahr beinahe vorbei war. Das Wohnzimmer, in dem bunte Lichterketten aufgehängt waren und ein grüner, würzig nach frischem Wald duftender Weihnachtsbaum stand, lud ein zum Verweilen. Zum Innehalten. Der Baum mit roten, grünen und goldenen Christbaumkugeln sollte die Wärme und Besinnlichkeit von Weihnachten ausstrahlen. Die gelben Strohsterne, die Rolf als Kind mit seiner Mutter gebügelt und geknotet hat, hingen dazwischen. So wie das Lachen in seiner Erinnerung hing. Vergangen. Vorbei. Eine Ewigkeit her.

Rolf saß alleine auf dem weichen Sofa. Seinem Lieblingsort in der Drei-Zimmer-Wohnung, die er mit Max bewohnte. Max, der seit der Ausbildung mit ihm eine WG bildete und an Weihnachten zu seinen Eltern fuhr. Jedes Jahr, seit er es wieder durfte. Und immer alleine. Keiner von ihnen hatte einen Partner gefunden in all den Jahren, die sie schon zusammen wohnten.

Rolf knetete seine Hände im Schoß.

Er wollte zu Weihnachten nicht wegfahren. Wohin auch?

Er fühlte sich nicht nach Weihnachten.

Draußen vor dem Fenster hingen graue Regenwolken. Es nieselte. Von Schnee war nichts zu sehen. Die Wettervorhersage im Internet sagte es bliebe warm und regnerisch.

Wie schafften die Menschen es auf der Südhalbkugel, im Sommer Weihnachtsgefühle zu entwickeln? Jedes Jahr?

Rolf seufzte. Er sollte Plätzchen backen. Aber für wen? Mit wem? Keiner seiner Freunde hatte Zeit, dieses Jahr mit ihm zu backen. Er war allein. Die Uhr tickte laut in die Stille hinein.

Rolf schloss die Augen und dachte an vergangene Weihnachten zurück. Weihnachten, als er jünger war. An seine Ausbildung. Anfang Dezember war immer die Weihnachtsfeier im Betrieb gewesen. Damals hatte er sich Sorgen gemacht zu viel Bier und Wein zu trinken. Heute würde er sich keine Minute mehr darum kümmern, sondern das Fest genießen. Die Stimmung war jedes Mal fröhlich, alle zusammen haben sie an schön gedeckten Tischen gesessen, sich unterhalten und den Braten genossen hatten. Wenn der Chef dann eine feuchtfröhliche Rede hielt, verkleidet als Weihnachtselfe, hatte er mit allen Kollegen grölend gelacht. Die Liedtexte zu den Weihnachtsmelodien waren nicht jugendfrei gewesen. Aber sein Herz hatte gejauchzt und er hatte sich leicht und fröhlich gefühlt.

Dieses Jahr wurde auf die Weihnachtsfeier verzichtet. Wie schon die Jahre zuvor. Aus gesundheitlichen Gründen. Wie jedes Jahr, seit dem Jahr der Pandemie. Auch, wenn sich seither die Gründe geändert hatten. Damals, hatten alle Statistiker übereinstimmend berichtet, damals, waren so viel weniger Verkehrstote gemeldet worden, so viel weniger Atemwegserkrankungen, und so viel weniger Sachzerstörung, dass die Regierung Weihnachtsfeiern komplett abgeschafft hatte. Da die Weihnachtsmärkte sowieso insolvent waren, wurden sie gleich mit beerdigt.

Rolf öffnete die Augen. Vor ihm stand immer noch sein Weihnachtsbaum. Die farbigen Lichter funkelten im trübgrauen Tageslicht.

Seltsam, dass der Weihnachtsbaum und das Fest nicht gleich mit abgeschafft worden waren. Was sollte er mit den Feiertagen anstellen, wenn er allein und trübselig Zuhause saß? Er konnte genauso gut zur Arbeit gehen und den nächsten Prüfbericht verfassen. Oder die alten Akten ordnen, die er das Jahr über, im immer gegebenen Zeitdruck, beiseite gestellt hatte. Für später. Wenn Zeit war.

Er nickte sich selbst zu. Stand auf, schaltete den Strom der Lichterkette ab. Mit einer Regenjacke und Halbschuhen, den Schirm unter dem Arm, verließ er das Mehrfamilienhaus, in dem seine Wohnung lag.

Der Nieselregen war auf dem Schirm kaum zu hören. Überhaupt war es untypisch leise. Keine Autos mehr, wie früher. Die Menschen blieben Zuhause. Das einzige Geräusch, außer dem leisen Nieseln, war das Schlurpen seiner Schuhsohlen auf dem nassen Straßenbelag.

Als er über den Marktplatz ging, stellte er sich vor, wie es wäre, wenn hier wieder ein Weihnachtsmarkt stehen würde. Es würde nach gebrannten Mandeln duften. Ein süßer, klebriger Karamell-Zucker-Duft. Fast konnte er das Knacken der knusprigen Hülle zwischen seinen Zähnen hören und den süßen Geschmack im Mund schmecken.

Weihnachtslieder würden aus unzähligen Lautsprechern zwischen den Buden zu hören sein. Überall ein anderes. Menschen würden, dicht gedrängt, herumstehen oder langsam weiter schlendern. Kinder würden nach noch mehr Süßigkeiten quengeln und sie auch bekommen. Es wäre kein Durchkommen. Schnee würde fallen. In dichten, dicken, weißen Flocken, sodass er sich tiefer in seinen Wintermantel einmummeln würde.

Unwillkürlich zog Rolf seine Regenjacke enger und knöpfte die Knopfleiste über dem Reißverschluss zu. Er setzte auch die Regenmütze auf, die an der Jacke befestigt war, obwohl er den Schirm aufgespannt trug.

An einem Stand würde er stehen bleiben und Glühwein kaufen und sich an der heißen Tasse wärmen, balancierend auf dem schmalen Grat zwischen schön warm und verbrannt heiß. Vielleicht würde er auch, wenn es wieder einen Weihnachtsmarkt gäbe, am Stand mit dem Schnickschnack stehen bleiben.

Ja.

Er würde Holzbrettchen kaufen und handgestrickte Socken, die für seine Schuhgröße immer zu klein waren. Er würde beim Stand der Schule eine Waffel kaufen, damit die Schüler auf ihre Klassenfahrt gehen konnten und beim Kindergarten einen schief gefalteten Weihnachtsstern, einfach, weil die Kinder sich dann freuten.

Der Regen schlurpte unter seinen Schuhsohlen als er den Kopf schüttelte und weiterging. Ein kühler Wind wehte über den leeren Platz. Weihnachtsmärkte waren tot. Niemand würde, nach der Welle von Insolvenzen und zerstörten Existenzen, heute noch das Risiko auf sich nehmen so etwas neu zu starten.

Der Klang von Weihnachtsliedern erreichte sein Ohr.

Rolf lauschte.

Bildete er sich es jetzt ein, oder war das echt? Es klang schief. Nicht so perfekt, wie in seiner Erinnerung. Die Sängerstimmen klangen deutlich, einzeln heraus, statt einen gleich klingenden Gesang auf dem Hintergrund der Instrumentalmusik zu bilden.

Rolf schaute auf und drehte sich langsam um sich selbst.

Da war die graue Fassade des Rathauses. In den Fenstern hingen früher Adventskalendertürchen. Bilder, von denen jeden Tag ein neues enthüllt wurde. Heute waren die Fenster leer. Weiße Vorhänge hingen daran. Die Büros dahinter waren dunkel. Niemand machte sich mehr die Mühe die Bilder aufzuhängen, oder die Fassade mit Lichterketten zu schmücken. Selbst der Weihnachtsbaum, der sonst neben der Eingangstür gestanden hatte, fehlte. Dann kam die Treppe, die in die Tiefgarage führt. Verlassen und abgesperrt mit rot-weißem Flatterband, weil sie baufällig war und nicht mehr saniert wurde. Wozu auch? Kaum noch jemand fuhr mit dem Auto, und die, die es nicht lassen konnten, fanden inzwischen am Straßenrand genügend Parkplätze. Die Schaufenster eines Kaufhauses folgten. Golden behängte, glitzernde Weihnachtsbäume standen darin einträchtig neben irgendwelchen Kleidern. Hatte das nicht letztes Jahr genauso ausgesehen? Waren es überhaupt andere Kleidungsstücke? Doch trotz der weihnachtlichen Dekoration fühlte Rolf sich nicht festlicher. Von dort hörte er keine Musik.

Er zuckte mit den Schultern. Uninteressant. Er drehte sich weiter.

Die Fachwerkhausfassade, mit den grün gestrichenen Balken, des alten Stadthauses kam als Nächstes. Die Fenster waren dunkel. Das Schaufenster im Erdgeschoss leer. Bis auf ein paar bunt gekleidete Personen, die gerade hineingingen.

Warum ging jemand in ein leeres Geschäft? Es war ein Feiertag, kein Arbeitstag.

Er konnte nur ins Büro gehen, weil er einen Schlüssel hatte. Lange genug arbeitete er ja dort. Seit der Ausbildung. Warum hätte er sich etwas anderes suchen sollen? Er hatte eine Wohnung, ein Einkommen, einen sicheren Arbeitsplatz und keine Aussicht jemanden kennenzulernen. Außer vielleicht über das Internet. Aber diese Beziehungen hatten noch mehr Abstand als seine Beziehung zu seinen Kollegen, oder das gelegentliche, gemeinsame Abendessen mit Max.

Die Wärme war verloren gegangen.

Rolf dachte an seine Mutter, die er seit Jahren nicht mehr gesehen hatte. Sicher würde sie sich freuen, wenn er sie besuchte. Glaubte er jedenfalls. Aber wozu? Er konnte es sich gar nicht mehr vorstellen, wie es war, einen anderen Menschen zu umarmen. Konnte man das verlernen? Warum fragte er sich das jetzt?

Er schaute einem weiteren Paar hinterher, dass durch die Türe in das leere Geschäft ging und dann, durch eine weitere Türe in einem Hinterzimmer verschwand.

Was machten die hier? In der Innenstadt? Eine Geschäftsrenovierung?

Er beobachtete die nächste Gruppe, die auf die Türe zusteuerte. Sie waren die nicht zum Arbeiten gekleidet. Unter einem Wintermantel sah er glitzernd den Saum eines Rockes oder Kleides schimmern. Der Partner er Dame trug einen schwarzen Anzug. Seine polierten Schuhe leuchteten über den gesamten Marktplatz bis zu Rolf herüber. Dahinter ging eine Frau in einem Hosenanzug und flachen Schuhen, aber der Stoff sah zu dünn aus zum Arbeiten.

Der Erste der Gruppe schob die Tür auf.

Töne von Weihnachtsmusik klangen heraus. Die gleichen Stimmen, die nicht richtig passten, schwangen mit.

Alle drei gingen schnell durch die Tür und schlossen sie sorgfältig hinter sich.

Die Musik und der Gesang brachen ab.

Rolfs Herz klopfte schneller. Gab es hier eine Weihnachtsfeier?

Ihm war kalt. Als ob die Temperatur gerade um zehn Grad gefallen wäre.

Er ging einen Schritt vor. Auf das Fachwerkhaus zu.

Das Wasser schlurpte unter seinem Schritt. Das Geräusch erschreckte ihn.

Wollte er wirklich mit fremden Menschen feiern? Uneingeladen an eine Türe klopfen, oder besser an ihr klingeln, nur um ein schief gesungenes Weihnachtslied zu hören?

Zuhause könnte er perfekt eingespielte, nachbearbeitete Weihnachtsmusik von bekannten Chören anhören.

Sein Herz schmerzte. Er sehnte sich nach fröhlichem Feiern, Weihnachten mit Menschen, egal wie fremd sie ihm sein mochten. Und nach schiefen Liedern. Liedern, die er mitsingen konnte. Nicht alleine, Zuhause, sondern in einer Gruppe, mit anderen.

Er machte noch einen Schritt vor.

Sollte er, unvorbereitet und nicht besonders gekleidet wie er war, einmal klopfen? Um Einlass fragen? Offenbar gab es Menschen, die das Gefühl von Weihnachten noch genossen.

Sein Herz klopfte schneller. Er wollte gerne hineingehen. In die heimelige Wärme, die Lieder und die Gesellschaft.

Würden sie ihn hineinlassen?

Durfte er überhaupt klingeln?

Bisher hatte er fünf Menschen hineingehen sehen. Sicher waren noch mehr im Haus, weil er den Gesang schon früher gehört hatte. Hatten sie überhaupt Platz für noch jemanden?

Unschlüssig blieb Rolf stehen.

Die Beschränkungen, wie viele Personen sich treffen durften, gab es seit Jahren nicht mehr. Trotzdem fühlte es sich jedes Mal seltsam für ihn an, wenn in einem Termin bei der Arbeit, mehr als vier oder fünf Kollegen zusammenkamen. Irgendwie hatten sich die Gruppen alle verkleinert. Die hitzigen Diskussionen waren auch verschwunden. Genauso wie die Schauspielerei. Termine waren nurmehr Faktenbesprechungen. Eine Wohltat für alle und das Unternehmen. Denn damit kam man immer zu den besten Entscheidungen. Niemand unternahm mehr den Versuch, sich in größeren Gruppen zusammenzufinden. Die Teeküchengespräche oder Raucherecken gab es auch nicht mehr. Seltsam, dass ihm das gerade jetzt einfiel, wo er beides immer für nutzloses Getratsche gehalten hatte.

Vielleicht, nur vielleicht, vermisste er es schon, überlegte Rolf. Nicht das Imponiergehabe und Diskutieren in den Besprechungen, aber das freundliche Wort in der Teeküche, oder die Erzählung vom Wochenende. Er wusste gar nicht mehr, ob seine Kollegen Kinder hatten. Oder womit sie sich in ihrer Freizeit beschäftigten. Wann hatte er aufgehört die Höflichkeitsfragen zu stellen, bei denen all diese kleinen Dinge erzählt wurden? Wann war er zuletzt nach seinem Wochenende gefragt worden? Er konnte sich nicht erinnern.

Aber hier, hier schien es Menschen zu geben, die sich das bewahrt hatten. Die sich immer noch trafen und garantiert nach den Kindern und Freizeitbeschäftigungen fragten. Und gemeinsam sangen. Es wurden gerade noch mehr. Von der anderen Seite des Marktplatzes kam ein einzelner Mann herangeschlendert. Die Hände locker in den Taschen vergraben, ging er dahin, als hätte er kein Ziel. Aber Rolf sah genau, wie die Schritte des Mannes auf die Tür des leeren Ladengeschäftes zusteuerten. Konnte er den Mann ausfragen? Vielleicht erfuhr er so mehr über die Gesellschaft, ohne gleich zu klingeln.

Rolf ging auf den Mann zu. Der trug, genau wie seine Vorgänger, einen Anzug. Sogar eine Krawatte hatte der sich umgebunden.

Rolf schluckte.

Das war mehr die Liga seiner Vorgesetzten, nicht seine. Sein Anzug und seine Krawatte hatte er zum letzten Mal in der Schule, beim Abschlussball getragen.

Er verdrängte die Erinnerung und ging weiter auf den Mann zu. Er wollte etwas wissen und der Mann hatte ihn bemerkt, schaute ihm aufmerksam aus schwarzen Augen entgegen, ging langsamer. Fast als wäre er erfreut angesprochen zu werden.

»Guten Nachmittag«, sagte Rolf und bekam die gleiche höfliche Antwort.

Was sollte er jetzt sagen? Er fühlte sich wieder wie ein Jugendlicher, dem die Stimme versagte. Mit seiner Hand hielt er den Regenschirm fester. Der andere würde ihn nie wieder sehen, und wenn doch, nicht erkennen, so eingemummelt in die Regenjacke, mit der Kapuze auf dem Kopf, wie er war. Es war ganz und gar ungefährlich zu fragen.

Redete er sich ein.

Sein Herz klopfte, als wäre er mehrfach um den Markt-platz gerannt und müsste nochmal schneller werden, um einem unsichtbaren Verfolger zu entkommen. Er schwitzte, obwohl es kalt war. Gefühlt war das hier gar nicht ungefährlich.

Rolf stopfte seine freie Hand in die Jackentasche, damit der andere das Zittern nicht sah.

Wann war er das letzte Mal so aufgeregt gewesen? Selbst, wenn er Misserfolge in einem Termin erklären sollte fühlte er sich nicht so gefährdet und unsicher. Lag das daran, dass keine Schuldigen mehr gesucht wurden, sondern Lösungen? Seine Kollegen interessierten sich nur mehr für Fakten und dafür was man als Nächstes tat. Sehr nützlich für die Arbeit.

Rolf schluckte nochmals. Das hier war ganz ungefährlich, sagte er sich nochmal. Außerdem, wenn er den Mann nicht fragte, musste er klingeln. Oder er würde, wenn er sich das nicht traute, immer mit der Frage herumlaufen, was das für ein Treffen war. Und der Sehnsucht mitsingen zu dürfen.

»Ich, ähm, ich, gehen Sie auch zu der Weihnachtsfeier im leeren Laden?«, fragte Rolf und lächelte, weil er es geschafft hatte doch noch zu fragen.

Sein Gegenüber nickte.

»Ja. Möchten Sie mitkommen?«, fragte der Mann.

Rolf starrte ihn an.

Mitkommen?

Einfach so?

Eingeladen von einem Fremden?

»Mhm. Ähm.« Was sollte er sagen? Ja. Natürlich. Aber, war das nicht gefährlich? Einfach so? Seine Mutter hatte ihm immer gesagt, geh nicht mit Fremden mit. Warum dachte er ausgerechnet jetzt an diese Kinderregel.

»Ich bin Rolf«, sagte Rolf. »Wer organisiert die Feier?« Vielleicht würde er sich eher trauen, wenn er mehr wusste?

»Ich bin Tim«, sagte der Mann im Anzug. »Ulrike organisiert die Weihnachtsfeier. Eingeladen ist jeder, der gerne singt.«

»Ich singe gerne«, sagte Rolf bevor er sich wieder in Überlegungen verlor. Ulrike kannte er genauso wenig wie Tim. Aber vielleicht war es Zeit etwas zu riskieren?

Sein Herz klopfte schneller und sein Rücken fühlte sich ganz feucht an, von der Aufregung. Nicht das schönste Gefühl, aber trotzdem, irgendwie besser als Zuhause zu sitzen, den geschmückten Christbaum anzusehen und nichts zu fühlen. Nichts außer der Frage, warum der Feiertag noch existierte. Jetzt fragte er sich, ob er die Texte noch auswendig wusste.

»Kommst du mit, Rolf?«, fragte Tim und nickte zur Fachwerkhausfassade hinüber.

Es nieselte immer noch. Tim hatte keinen Schirm dabei und die Feuchtigkeit glänzte auf den Schultern seiner Anzugjacke.

»Sehr gerne. Danke für die Einladung«, sagte Rolf. »Hier, komm unter meinen Schirm, dann bleibst du trocken.«

Tim trat näher. Nebeneinander gingen sie auf die Türe des leeren Ladens zu.

Tim strahlte eine Wärme aus, die Rolf lange nicht mehr gespürt hatte. Wie ein kleines, warmes Licht, strahlte es in seinem Bauch, als er auf die Tür zuging.

Das Wasser auf der Straße schlurpte immer noch bei jedem Schritt. Doch die Schritte fühlten sich jetzt leichter an. Er selbst fühlte sich lebendig, wie damals, als er bei der Weihnachtsfeier gewesen war. Hoffentlich benahm er sich hier nicht daneben und blamierte sich. Auch wenn es alles Fremde für ihn waren, wollte er doch gerne als angenehmer Gast in Erinnerung bleiben.

Tim ging zwei Schritte vor und drückte die Türe auf. Sie war unverschlossen. Warme Luft, die nach Zimt und Nelken duftete, strömte Rolf entgegen. Er schloss seinen Regenschirm und trat über die Türschwelle. Hinein in den warmen Duft von Weihnachten und den Klang ungeübter Sängerstimmen. Jetzt verstand er auch den Text. Fröhliche Weihnachten würde es dieses Jahr auch für ihn geben.

ENDE

Leseprobe:
Die verstaubte Akte

Dezember 2020

Angelique stand, mit einem roten Stift in der Hand vor ihrem Wandkalender. Dem einzigen altmodischen Gegenstand in ihrer modern eingerichteten Wohnung. Alle Termine waren auf ihrem Smartphone im Kalender gespeichert. Alle außer dem Tag an dem ihre Mutter verschwand.

Der 17. Dezember war dieses Jahr ein Donnerstag.

Vor dem Fenster schien die Sonne. Selbst aus dem siebten Stock des Hochhauses konnte sie das Gras auf der Fläche um das Haus herum sehen. Ein grünbraun vom Regen und den Schuhsohlen der Leute, die quer darüber liefen, statt auf den Wegen zu bleiben. Der Wetterbericht hatte für die ganze Woche keinen Schnee angekündigt.

Nicht wie vor vierzehn Jahren. Damals hatte es geschneit und sie hatte einen Schneemann gebaut mit ihrer Mutter. Bevor sie verschwand. Bevor ihr Vater sich von einem lustigen Menschen in einen mürrischen, schweigenden Mann verwandelte, der nicht mehr lachte.

Eingerahmt neben dem Papierkalender hing Angeliques Lieblingskinderbuch *Die Abenteuer des Astronauten Ulrich Sauerstoff*. Der Astronaut sah aus, als stecke er in einer Blechdose. Der blaue Hintergrund war verblasst und fast so hell wie der weiße Kometenschweif der darüber flog.

Es klingelte an der Wohnungstüre.

Vermutlich die Post, mit einem neuen Päckchen. Das Kamerasystem würde den Postboten erkennen und die Türe öffnen. Sie musste nichts tun.

Stattdessen starrte sie weiter auf den Kalender.

Niemand wusste, was aus ihrer Mutter geworden war. Bis heute. Der einzige Anhaltspunkt war die vergilbte, hellgelbe Aktenhülle auf der »Fall Dampfstraße« stand. Ein Fall, der niemanden mehr interessierte, sonst läge die Akte nicht bei ihr im Schrank. Eingeklemmt zwischen dem Ordner mit Steuerunterlagen und einem Bildband über die schönsten Gärten Deutschlands.

Ein Schlüssel klickte im Schloss.

Michael kam nach Hause. Früher als sonst.

Angelique wischte eine ungeweinte Träne aus ihrem Auge.

»Guten Abend mein Schatz«, sagte Michael und kam direkt ins Wohnzimmer. Noch mit Jacke und Schuhen und dem Rucksack auf dem Rücken. »Was ist los? Geht es dir nicht gut? Ich habe eine Nachricht von deiner Kollegin bekommen, dass du früher gegangen bist.«

Er sah noch süßer aus als sonst, wenn er besorgt war.

Angelique lächelte.

»Mir geht es gut, Michael. Wirklich. Simone macht sich zu viele Sorgen«, sagte Angelique.

Sie hätte doch bleiben sollen bis Feierabend. Es war ja noch nicht einmal ein runder Tag des Verschwindens. Aber die Arbeit war fertig gewesen. Alle Vorgänge warteten auf Antwort. Sie hatte nicht mehr in dem öden, weiß gestrichenen Büro bleiben wollen. Nicht wie ihr Vater, der damals jeden Abend später nach Hause kam. Überstunden für die Zeitung.

Michael schüttelte sich die Jacke von den Schultern, stellte seinen Rucksack neben das Sofa auf den Boden und legte die Jacke über die Lehne. Dann nahm er sie in seine warmen Arme. Er roch angenehm warm und nach Tomaten.

»Du siehst traurig aus«, sagte Michael und streichelte ihr über die Schultern.

Angelique lehnte sich an und schloss die Augen. Seit sie Michael im Frühling, trotz Abstandsregeln, beim Einkaufen für die älteren Nachbarn, näher kennengelernt hatte, hatte sie ihm noch nichts von diesem Tag erzählt. Sie hatte ihm auch nichts davon erzählt, dass ein Namen darin stand.

Sie löste sich aus der Umarmung und holte die Akte.

Legte sie auf den niedrigen, ovalen Couchtisch vor dem
hellen Sofa, neben ihr Smartphone und ihren eBook Reader.

»Was ist das?«, fragte Michael und setzte sich neben sie
auf das Sofa. Einen Arm legte er um ihre Taille und rückte
ganz dicht heran. »Schlechte Nachrichten?«

Angelique schüttelte den Kopf und begann zu erzählen.
Aber die Akte schlug sie nicht auf. Sie wollte den Zeitungs-
artikel von ihrem Vater, der gleich oben auf lag, nicht
wieder lesen.

Ende der Leseprobe aus »Die verstaubte Akte«

Weitere Bücher

Gemüse anpflanzen und zubereiten in der Schwerelosigkeit. Unser zukünftiges Essen?

Tourismusziel: International Tourist Space Station 1, kurz ITSS1. Ein Flop des Unternehmens. Kein Tourist kommt freiwillig. Zweimal schon gar nicht.

Mark, verantwortlich für das Marketing dieser Saison, plant eine Änderung. Frisches Essen auf Tellern, statt Astronautennahrung aus der Tube.

Das Problem: Auf seinem Vorschlag prangt in rot und fett »Abgelehnt«. Aber das wird Mark nicht aufhalten.

Die schwerelose Geschichte *Kein Gemüsegarten im All* züchtet und kocht Kürbisse.

Eine fantastische Mischung aus Ungehorsam, Einfallsreichtum und technischen Grenzen.

Nichts ist wie es scheint.

Lias Finger frieren. Eiskratzen mitten in der Nacht. Lia hasst den Winter. Lia hasst die Uhrzeit. Sie arbeitet lieber bis spät in die Nacht und schläft lange.

Lia arbeitet für ihre Beförderung. Dafür steht sie früh auf. Nur eine Empfehlung fehlt ihr im Unternehmenseigenen Karrieremodell. Sie muss ihre unerklärbaren Programmierfehler in den Griff bekommen.

Aber was, wenn die Fehler nicht ihre sind? Lia verwirft die unsinnige Idee.

Verdient Lia sich ihre Beförderung? Wer möchte ihr schaden?

Der Löschbefehl taucht ein in die Welt der Softwarentwicklung.

Fantasy

Magisches Parket
Angelika Diamant Wolf Shifter #1: Ein Tropfen Leben
Erika trifft Pegasus
Lazar übt Vergeltung
Wider dem Traum
Lazars Vergeltung
Der, die, das Monster
Drachenverträge
Verpasst
Hexe im Wolfsfell
Die Sandriesen der Traumsandwerke (Ein Herz für die Träume)
Erwartete Verkaufszahlen
Sandige Versuchung (An den Ufern des Luzik)
Die neue Wunschauswerterin (Wunschstation)
Kontrabass und Killerwal

Romance

Rotes Marzipan
Phillip, küss mich
Prioritäten der Liebe
Sandmanns Verlobung (An den Ufern des Luzik)
Liebe trotz verbranntem Essen

Science Fiction

Marie und die Naira
Kein Gemüsegarten im All
Die verstaubte Akte